【mystery】（英文）

①神秘的事情、謎團。

②推理小說、懸疑作品。

【推理】

根據已知的證據去推敲還未知道的事情。

歡迎進入推理愛好者的人生——

放學後
懸疑推理學會

2 雪地怪圈事件

知念實希人 著
Gurin. 繪

新雅文化事業有限公司
www.sunya.com.hk

人物介紹

運動全能，在班上很受歡迎，自幼跟阿理一起長大。

故事主角，平凡的小四學生，但好像擁有特殊技能……

去年從英國轉校而來的插班生。很喜歡看大人的推理小說。

小一學生。他爺爺的工作好像是製造太空船？

是柚木理
他們四年一班的
班主任。

他們都是小六學生。
松本和也是全級
最高大的，他的
祖母住在北海道。

學校地圖

今次事件的舞台，
是布滿白雪的學校操場。

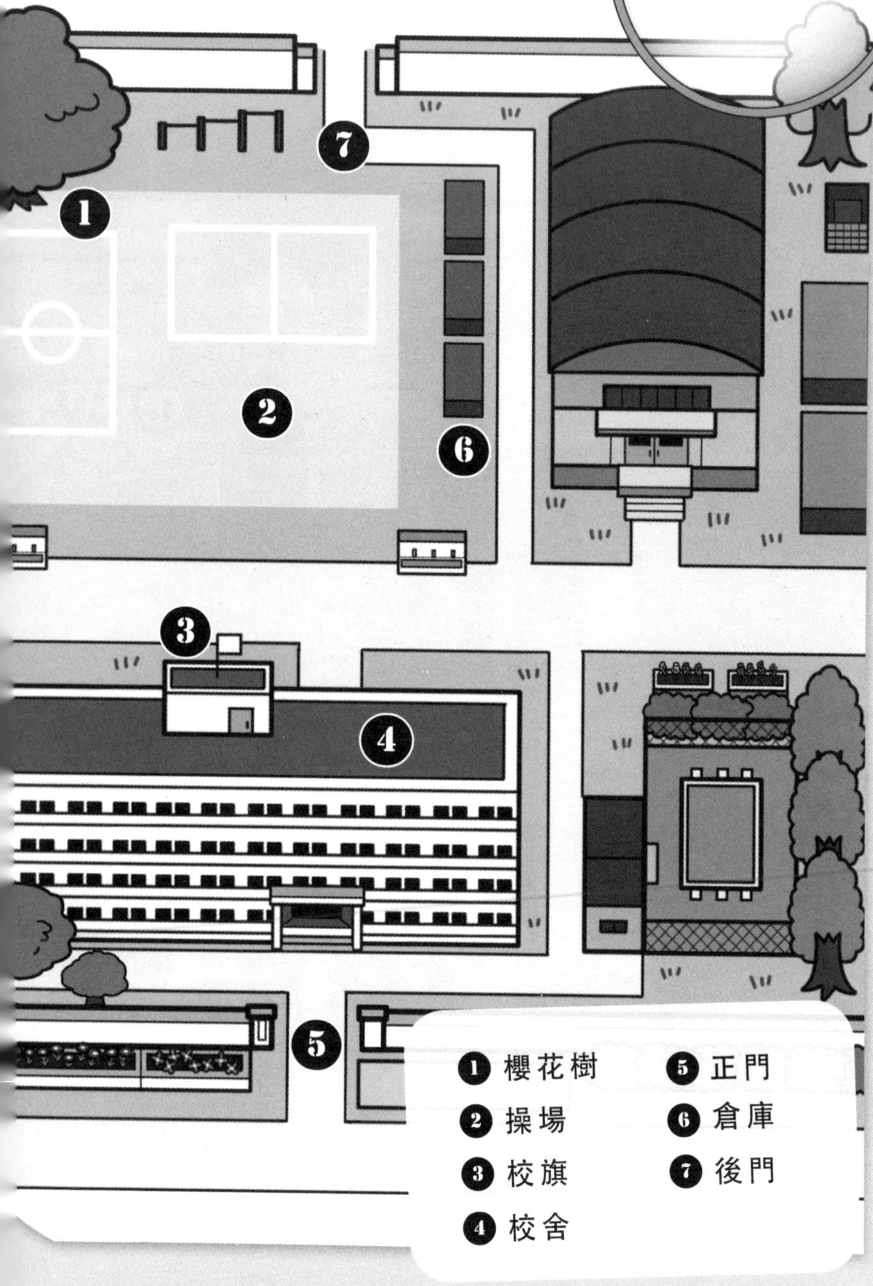

目錄

序章　事件發生

「嗚嗚，真冷。」

真理子理順一下大衣的衣領後，隨即呼出了一口白氣。

現在是星期日下午三時左右，真理子老師正前往自己工作的小學。雖然今天是假期，但學校規定假日也需要有一名老師留在學校當值，而今天正好輪到她當值。

「偏偏在這樣的下雪天要當值……真不走運啊。」

真理子一邊發牢騷一邊邁着腳步。伴隨着踏進雪中「沙」的一聲，靴子立即陷入積雪中。

由於今天日出前已開始下雪，到了現在，積雪已有一定高度。在雪中走路更感吃力，得花上比平時多一倍的時間才可抵達學校。

回到學校要怎樣鏟雪呢？今天要憑一人之力去完成恐怕不可能了，只有留待明天一大早全體老師合力才幹吧。

對小孩來說，在下雪天可以快樂地擲雪球或堆雪人；但對老師來說，只是增加了不必要的工作，確實無法讓人高興。

真理子抬頭望着天上厚厚的雲層，部分的雲堆積成圓球狀，看起來有點像個圓盤。

「好像太空船啊……」真理子喃喃自語，她腦海忽然浮現三天前授課時的情景，心情就變得更加沉重了。

三天前，學校舉行了一次特別授課，讓小一學生和小六學生一起討論，題目是「外星人是否存在？」

「宇宙這麼大，有外星人也不出奇」、「外星人可能已經住在地球」、「究竟外星人長什麼樣子」、「不知道能否和外星人交朋友」……幾乎所有小組都有着類似的言論，唯獨有一組小六學生堅決說「根本沒有什麼外星人」，把同組的小一學生弄哭了。

雖然真理子叫小六學生向那位小一學生道歉，但那位小六學生卻拒絕道歉，堅持說：「我沒有說錯」。

要怎麼做才可以令高年級生明白到要對學弟好一點呢？真理子一邊煩惱着，一邊踏着雪路前進。

好不容易抵達學校的真理子，呼出一口大氣後，打開了後門進入校內。她無意瞥見被雪染成一片白的操場後，嚇得瞪大了雙眼。

「這……這是什麼？」真理子不知所措地吐出話來。

她慌忙跑進了校舍，順着階梯走上四樓，再打開四樓一間課室的窗戶，向外望去。

被白雪覆蓋着的操場上，竟然有個巨大的神秘圖案。

「怪圈……」因眼前景物而嚇呆了的真理子，不自覺地從口中吐出了這幾個字，彷彿也被冰雪凝住和變白了。

1 白色怪圈

「喂，阿理，你認為老師這麼焦急叫我們回學校是因為什麼事呢？」

美思，全名是神山美思，一邊張開雙臂在磚牆上走着，一邊問我。她是我的鄰居，我們是一起長大的。

「不知道啊，可是，美思你這樣做很危險的啊。」我對着美思說。我叫柚木理，現時光是在積雪的地面上走已經很辛苦了。

「沒問題，這磚牆比起我平時練習的平衡木可闊多了。」

美思在磚牆上輕快地踏着小碎步向前走。

美思在幼稚園時已經是運動全能，多次在體操大賽中取勝。到了現在，她仍然每星期有數晚和中學生、高中生一同在體操班練習，她的夢想是將來可以在奧運會上奪得金牌。

「不過磚牆上鋪滿了雪，很容易滑倒的……」就在我這樣説的一瞬間，磚牆上的積雪令美思失去平衡，整個人滑到半空。

「危險！」在我大叫的同時，美思在向下掉的過程中打了一個空翻，她乘着勢，雙腳優雅地着地，雙臂大大張開。由於這個空翻實在太優美，令我不禁鼓掌稱讚。

「我就説沒問題的啊。」美思可愛地眨眨眼。

就在這時，我們聽到有人叫：「喂，理君、美思君。」回頭一看，是一個身穿像是大人服裝的棕色格子長外套、頭戴着同款圖案帽子的男孩，他是我們的同班同學——十堂堤馬。

我和堤馬、美思是班中很要好的同學。我們組成了「懸疑推理學會」，放學後我們三人經常在會室打發時間。

「看來真理子老師是把我們『美思提你三人組』所有成員也叫回學校了。應該是發生了什麼事情吧？」

堤馬去年轉校到這裏之前，一直都在英國居住，可能是因為一直以來只是靠看推理小說來學習日文，所以對着好朋友時，不管男女也會加上「君」字來稱呼對方，而且說起話來的語氣也特別像大人。

「我不是說過，別再說『美思堤你三人組』的嗎？」美思表現出不快。

美思的「美思」、堤馬的「堤」、還有我名字中的「理」，加起來就是「美思堤理三人組」，後來被笑稱為「美思提你三人組」，亦即是「懸疑推理三人組」的英文諧音。

對這外號，我自己並不算反感，而喜歡推理小說的堤馬也好像很樂意接受，只有美思不喜歡。由於「美思提你」近似英文「Mystery」的讀音，有神秘的意思，她總覺得自己會被當作怪人。

「不管怎樣，每當我們三人被召集，便一定有事發生的。而且是很神秘的事件。」

堤馬舔一舔嘴唇，喃喃道：「有穿制服來實在太好了。」

聽說堤馬這身一點也不像小孩的裝束，是模仿大偵探夏洛克．福爾摩斯的造型的。

堤馬也確實是個不折不扣的「大偵探」。直至現在，他已經偵破了「金魚泳池事件」、「哭泣的地藏菩薩事件」、「消失的午餐費事件」等多宗發生在學校內的神秘事件。

而在他調查神秘事件的時候，我和美思也會發揮各自的特別本領來協助他。

「啊，你們來了嗎？」走到學校附近，我們的班主任真理子老師已站在學校正門向我們揮手。在正門旁邊，停着一台單車，座塾和掛籃都是鋪滿了雪的。

「是不是發生什麼有趣的事件了？」堤馬本來體能就不太好，加上在雪地上行走，早已筋疲力竭。但他竟突然急步走近真理子老師，看來他對「神秘事件」的好奇心已戰勝了疲累。

「你們看看那邊。」

順着真理子老師指着的方向一看，我不禁「啊」的一聲叫了出來。被雪覆蓋着的操場上，竟被畫上一些圖案。

「操場上被畫了一個巨大又古怪的符號，我也不知道發生了什麼事……你們先到校舍那邊吧，從那裏看會比較清楚。」

在真理子老師的催促下，我們走到校舍四樓，回到我們四年一班的課室。

從課室向下看到操場時，我們隨即「嘩」了一聲。

在一個直徑約十米的圓圈中，畫有一些我們從沒見過、像是特別記號般的奇妙圖案，我們被這個景象嚇呆了。

「我今天一回到學校便看到這個情況了，我完全搞不清楚發生了什麼事……我想你們三個可能會有些頭緒，所以真的不好意思，星期天要你們回校。」真理子老師縮了一下脖子說。

堤馬卻在此時用力地揮着手，說：「不會不會，沒有這回事啊。雪地突然出現怪圈這麼有趣的事件，無論下雪還是暴風雨，我們也很樂意前來幫忙的。」

「怪圈？」美思歪着頭問。

堤馬點了一下頭，豎起了食指放到臉旁，說：「所謂的怪圈，是指農地上的超自然現象，部分農作物倒下來而形成圓圈狀的圖案。在一九八零年代的英國大量出現，當時有人認為那是外星人的太空船着陸後的痕跡，因而引起了熱烈討論。」

「外星人？那是有太空船來過我們的操場嗎？」美思的聲線變得高亢。

「美思君，你先冷靜點。很可惜，到目前為止，大部分怪圈都被證實是人為的惡作劇。」

「什麼？真沒趣啊。」美思撅着嘴說。

「不過要怎樣才能畫出這麼巨大的符號呢？」正當我絞盡腦

汁思考時，提馬左右擺動豎起的食指，說：「問題不在於圖案的大小，那些怪圈有着其他更加奇異的地方。」

提馬翻開他的外套，外套內側的口袋放有放大鏡、筆記本、指南針等調查時所需的偵探用具。最後，他拿出摺疊式即影即有相機，交給了美思。

「我想盡可能從高處看清楚那個怪圈，那樣才可以把握整個圖案的形狀。美思君，可以請你幫我這個忙嗎？」

「在天台的旗桿最高處拍攝就行了吧？收到！」

美思隨即把相機塞進長褲的口袋中，打開窗戶後馬上抓着水管，像松鼠般靈巧地爬了上去。

「美思！你這樣太危險了！」真理子老師急忙地想阻止美思，

可美思已經到了天台，並開始爬上校旗的旗桿了。

「沒事的，真理子老師。美思一定沒問題的。」

「真是的……如果不小心掉下來，一定會受重傷啊。儘管你們說她有多擅長體操，但我作為老師是不可以讓學生冒險的……」真理子老師帶着責罵的口吻

對我們訓話，但話音未落，美思說着一句「我回來了」，便從窗戶跳進課室。

真理子老師正想教訓美思，但她卻先露出天真的微笑，並遞上了多張即影即有相片，說：「我已爬到旗桿最高的位置，努力幫忙解開怪圈之謎。」

真理子老師深明自己是委託我們幫忙調查的人，無法嚴厲地責罵大家，只有露出無奈的表情說：「下次不可以再做這麼危險的事了。」

「明白！」美思爽朗地回答。

從美思手上接過照片後，堤馬便把照片拿到附近的書桌排列起來。本來全白色的即影即有相紙，逐漸顯現出影像來，那是從高處拍下來的怪圈情景。

堤馬托着頭凝視過照片後，轉向我們，問：「這怪圈的照片中都有着明顯的奇怪地方，你們看得出來嗎？」

「奇怪地方？」我目不轉睛地盯着眼前這些照片看。

花了兩分鐘拚命看，我抬起頭，小聲地說：「我覺得這些照片好像沒拍到什麼奇怪的地方啊……」

「我也看不出來啊。」

「我也是。」

美思和真理子老師也這樣說。

堤馬一邊發出「嘖嘖」的聲音，一邊左右擺動食指。

「這些照片並不是拍下了奇怪的東西，而是本該有的東西沒有出現，這才是奇怪的地方。」

「本該有的東西沒有出現，所以才奇怪？」面對着似是而非的解釋，美思茫然地眨着雙眼。

「沒錯。」堤馬說着，還打響了手指，「這些照片都沒有拍到腳印啊。」

「啊！」我們幾個聽到後，同時吃驚地叫喊出來。

「沒錯，怪圈如果是人為的惡作劇，那麼，那個人在回去的時候應該會在雪地上留下腳印，但照片上卻找不到腳印。」堤馬神氣地挺起了胸膛說。

「呃……會不會是那個人離開後，腳印被之後落下的雪覆蓋了？」我問。

可是，堤馬卻搖搖頭，說：「不會，如果當時落下的雪足以令腳印消失，那麼整個怪圈也同樣會被雪蓋掉啊。」

「那究竟是誰、用什麼方法製造出那個怪圈呢？」美思問。

堤馬低下頭說：「沒錯，這就是今次事件的最大謎題。那個畫出怪圈的犯人究竟用了什麼把戲，能夠令自己不留腳印呢？又或者是……」

說到這裏，他忽然停下來，一臉淘氣地對我們笑說：「說不定真的有太空船來過呢。」

2 外星人真的存在？

「那是什麼？有人在雪地上畫了一些古怪的東西啊。」

「咦？真是太奇怪了！」

回到學校的學生看到操場上的怪圈，都被嚇一跳，揚聲問道。

「好了，大家不要在操場逗留，快點返回課室吧！」站在旁邊的老師拚命催促着。

「果然大家都很在意啊。」在我身旁的美思說。

「當然啦，第一次看到這麼奇特的東西，任誰也很在意吧。」

美思用輕快的步伐在雪地上邁步。

真理子老師找我們回校的翌日，也就是星期一，我們幾個如常上學。

昨天，在看過美思用即影即有相機拍下的照片後，堤馬曾經提議走近怪圈作深入調查，可是真理子老師請示校長後，校長表示很大可能會請警方前來調查，所以要盡量保留現場原狀。

堤馬對無法調查而有點不滿，但那是校長的決定，這也沒辦法了。所以昨天拍了那些照片後，我們在懸疑推理學會的會室消磨了幾個小時後便各自回家。

現在，從老師仍不准同學走近操場的舉動看來，校方應該還未決定如何處理怪圈。

我們一邊瞄着操場，一邊向課室前進。堤馬早已回到課室，在靠窗的座位看着袖珍本小說。

「早安啊，堤馬。你今天在看什麼書？」

聽到美思跟自己打招呼，堤馬隨即把視線轉到我們身上。

「是綾辻*行人的《殺人十角館》。因為情節峯迴路轉，它被認為是足以改變日本推理小說歷史的重要作品啊。我昨天剛看完了亞森．羅蘋大顯神威的冒險推理小說《奇巖城》，今天再看《殺人十角館》前所未聞的詭計情節，希望可以體會正宗推理小說中帶來的樂趣。」

平時堤馬每當說起自己最喜歡的推理小說，總是充滿幹勁的，但今天的他明顯沒有了以往的興奮。可能是因為不能調查怪圈而影響了心情吧。

「哦，這樣啊。」美思敷衍地回應了一句後，傾前了身體，

* 「辻」是一個日本漢字，即是由日本人創造的漢字，意思是十字路口，也常用於姓氏。粵音是「十」。

「那個怪圈，你有沒有什麼頭緒？」

提馬把小說放在書桌上，深深歎了一口氣。

「連調查也不能進行，又怎可能有頭緒？那圓圈明明就在眼前，偏偏不能走近。為了進行推理，一定要取得最多的情報才行，然後動用『灰色腦細胞』*處理各種情報，像拼圖般不斷湊合，才能逐漸看出真相。你明白嗎，華生？」提馬因為無法調查，不滿的情緒積壓着，少有地變得情緒化。

美思聽着，一臉不解地問：「華生是誰？」

「是夏洛克．福爾摩斯的搭檔約翰．華生！幾乎所有福爾摩斯故事都是從華生的角度來書寫的。有天才頭腦卻不擅交際的福爾摩斯，正因為有華生這樣的平凡人搭檔，才可解決這麼多案件啊……」

*見附錄2（P.155）

就在堤馬喋喋不休地發表偉論的同時，一把很大的聲音從遠處傳來。發生什麼事了？我探頭到走廊一看，那聲音是從六年級的課室傳出來的。

「怎麼了？怎麼了？」美思好奇地問，然後一個勁地走出去了，我和堤馬也跟着她去看個究竟。

我們從六年級課室的門外窺探進去，看到一個身材矮小的男生站在窗邊，指着外面並且大聲叫嚷着。他應該是一年級學生。

「看到了吧！看到了吧！太空船果然是存在的！我說得沒錯吧！」

那男孩身旁站着三個一臉不悅的六年級學生。

「那東西和太空船沒什麼關係吧？」身形最魁梧的那個男生說。

這個魁梧的六年級學生叫松本和也，由於言行比較粗魯，所以低年級生都不太喜歡他。

「當然有關係！我就說一定有太空船的啊。是你們搞錯了！」那一年級學生漲紅了臉，指向和也同學的鼻尖，我們不由得替他擔心起來。如果他被體型大一倍的和也同學撞倒，恐怕會受傷。

「別開玩笑了！那肯定是人弄出來的惡作劇！」和也同學大吼着並且站前了一步，這種壓迫感令那一年級學生的臉上登時浮現出恐懼的神色。就在此時，站在旁邊的堤馬走到和也同學與一年級學生中間，說：「哎呀，是不是惡作劇，在現階段也不好說啊。你們看，雪地上並沒有腳印。如果是因為惡作劇而畫下圓圈，那麼犯人是如何離開的呢？」

和也同學看到堤馬突然插嘴，驚訝地眨着眼睛問：「喂，你是誰？」

「我是四年級的十堂堤馬。先別管我是誰，請你先回答我的問題。如果你堅持那個圖案是有人畫出來的話，那麼犯人的腳印是如何不留痕跡地消失的？」

「我、我哪知道！那你認為真的有太空船來過嗎？」和也同學邊説邊指向窗外。

「我不知道。但現在不能夠排除這個可能性。『當你把一切不可能的情況都排除之後，那剩下的不管多麼離奇，也必然是事實』，大偵探福爾摩斯曾這樣説過。也就是説，現時應將『太空船真的來過』納入可能發生的範圍。」

聽着堤馬深奧的理論，和也同學滿臉疑惑。

與此同時，聽到堤馬說着太空船可能真的來過，那一年級學生高興地笑着。

「亦即是說，如果要得出『怪圈不可能是因為太空船到來而形成』這個結論的話，便得有足夠的證據去支持。不過，現在別說是詳細調查，就連走近一點去看看也不行……再這樣下去，一旦融雪，所有重要的證據都會隨之消失啊。」堤馬氣餒地說。

和也同學突然揪着堤馬的衣領，說：「你這傢伙從剛才便說着讓人一頭霧水的話，你只是個四年級學生吧！竟敢對學長這麼無禮！」

堤馬身體被和也同學揪了起來，他一邊用腳尖勉強站着，一邊向我打眼色。

唉，我就知道會演變成這樣……

我歎一口氣後便走近和也同學，將他的手肘稍為拉開，令他失去平衡，同時輕輕絆他的腳。

和也同學立即向後跌坐在地上，也放開了堤馬的衣領。

「理君，謝謝你啊，真有你的。」堤馬一邊整理好衣襟一邊遠離和也同學。

堤馬你不只把事情鬧大，還把爛攤子留給我收拾啊……

我在心中發着牢騷時，和也同學繼續坐在地上，用難以置信的表情望着我。他的表情逐漸兇惡起來，臉也漲紅了。要是比力量，和也同學很有自信一定不輸任何人，但今天被我這個低年級生打敗，他的自尊一定受到很大傷害吧。

「你真的好大的膽子啊！」和也同學站起來，衝上前想抓住我，但給我敏捷地避開了。

「你別想逃！」

看到和也同學的臉變得通紅，我也皺起眉頭。

我從幼稚園起就已經在爺爺開設的合氣道道場中練習，經常和大人比試，所以要摔倒和也同學是很簡單的事。不過如果令他受傷，老師會生氣，甚至要求見家長，爺爺知道後更加會怒不可遏。

究竟該怎樣做好呢？

正當我一籌莫展時，一把聲音響起：「你們在幹什麼！」

我往聲音的方向一看，原來真理子老師叉着腰站在門口。

「沒……沒什麼。」和也同學一臉沒趣地回答，然後小聲對我說：「給我走着瞧！」便回到自己的座位。

「好了，快要上課了。大家返回自己的課室吧！」真理子老師邊拍着手邊說。

「知道！」大家回答後便散去。剛才跟和也同學爭論的一年級學生也急步走着，穿過真理子老師叉着腰的手臂下方離開了。

「咦？那孩子也來了嗎？」真理子老師一邊目送那一年級學生走下梯級的背影，一邊說。

「那孩子是一年級學生吧？」在我們走回課室的途中，美思問真理子老師。

「嗯，他是一年級的種田文空。你們知道他為什麼會來這裏嗎？」

「他跟那個六年級學生爭論太空船是否存在，他還不斷指着操場的怪圈啊。」

聽到美思的回答，真理子老師掩着臉説：「啊，果然如此。」

「發生過什麼事嗎？」我問。

真理子老師歎了一口氣，解釋道：「上星期學校舉行了一場一年級和六年級的討論會。」

「啊，我記得！」美思快速地舉手和應，「是跟六年級學生一起討論吧？我記得我們的題目好像是『為什麼天空是藍色？』。那時候，我認為地球外圍是包了一層藍色薄膜，所以天空才會是藍色，而我們的組別也這樣發表。」

「不，美思君，你搞錯了。那是因為地球中的空氣粒子只能反射太陽光線中的藍色光，所以我們只能看到藍色。」

聽到堤馬的話，美思鼓起腮幫子說：「堤馬你這人真沒趣。」

「那麼上周的討論會發生了什麼事呢？」我問。

真理子老師停下了腳步，臉色一沉，開始解釋：「種田同學跟松本同學當時被分配在同一組，討論的題目是『外星人是否存在？』。」

「那麼文空君一定是支持的一方吧？」堤馬嘗試確認。

真理子老師點點頭，說：「沒錯，他說太空船一直在天空飛，看着我們每一個人。聽到他這樣的說法，松本同學他們指着外面說：『世上根本就沒有太空船，別吹牛了』。」

「文空同學真可憐。」美思輕輕說。真理子老師也一副心痛的樣子說：「對，當時他真的很可憐。」

「種田同學邊哭邊說：『我沒吹牛，真的有太空船』，但松本同學他們還繼續嘲弄他，我馬上制止他們，不過種田同學還是一直哭個不停。」真理子老師微微搖着頭說。提馬一直看着她。就在這個時候，上課鐘聲響起了。

「啊，要開始上課了。你們也快點返回座位吧！」真理子老師說。

「知道！」我們齊聲回答後，便步進了課室。

3 隱藏訊息

「喂，你們覺得今天的抓飯*味道是不是很淡？」午飯時，美思問我們。

「唔？是嗎？」我隨即舀起了一口抓飯吃下去。雖然味道好像真的比平時淡，但飯中仍帶有香腸粒的鹹味，所以我剛才並沒有太在意。

「我就說一定是淡了啊，而且比平時淡多了！好不容易才等到午餐吃我最愛的抓飯，卻這麼難吃，真的太過分了！」

我沒有再理會獨自生氣的美思，反而看向了窗外，跟正在吃飯的

* 抓飯（pilaf）：是土耳其的常見菜式，傳入日本後，成為了西餐的常見菜式。是一種香料飯，與炒飯並不相同。

堤馬說：「堤馬你怎麼了？你還在為不能調查怪圈而不忿嗎？」

「不，只是有一件事我還沒有想通。」堤馬邊看外面邊回答。

這個時候，美思又來插嘴了：「啊！你也是沒想通為什麼抓飯的味道變淡了吧？」

「抓飯？哦，原來今天的午餐是抓飯嗎？」堤馬好像剛剛才知道自己在吃什麼。

美思生氣地鼓起了腮，問：「那你有什麼想不通？」

「怪圈的圖案啊。」

「圖案？你是指要怎樣才可以畫出這麼工整的圓形嗎？」美思用手指碰着嘴唇問。

堤馬搖了搖頭：「不……要在地面畫一個工整的圓形一點也不

難。午飯後，我再解釋給你們聽吧。」

「這樣的話，那我得吃快一點。」美思立即把剛才很不滿意的抓飯急急忙忙地送進口中。

「好了，我現在開始解釋吧。」

吃過午餐後，午休時間開始，已沒幾個同學留在課室。堤馬先打開筆記本，再從筆袋取出了兩枝鉛筆。

「美思君，可以把你用來束馬尾的橡筋借我嗎？」

「唔？可以是可以，但我用的是沒什麼彈性的硬性橡筋，我喜歡它把頭髮一束好，便不易鬆掉。」

「沒問題，沒彈性的更好用。」

接過橡筋後，提馬便套入一枝鉛筆。

「首先把鉛筆固定在這裏。」提馬一邊說，一邊把鉛筆的筆尖固定在筆記本上，然後跟我說：「抓好那枝鉛筆。」我便如他所說那樣，抓好鉛筆。

「要固定作為中心的那一點。我們現在雖然用了鉛筆和橡筋，但我認為實際操作時，是使用了木棒和繩的。」提馬一邊解釋，一邊把另一枝鉛筆套進橡筋中，用它輕輕地拉緊橡筋，再畫出線條來。

「這和圓規是同一原理的。從一個固

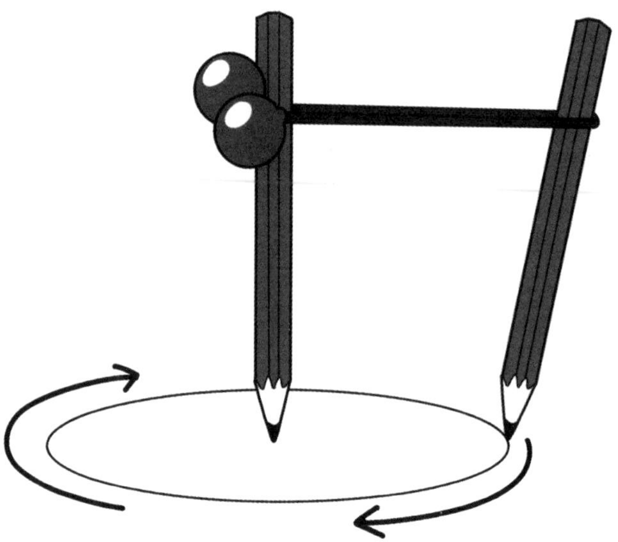

定的點拉出同等距離畫出線條，便會成為一個工整的圓形。」

堤馬用我抓住的鉛筆為中心點，畫出了一個工整的圓形。美思看到後，不禁「嘩」的叫了出來。

「好厲害啊！這樣真的可以畫出一個工整的圓形啊！」

「沒錯。所以要畫出操場那個圓形，一點也不難。事件的謎題，始終是在畫了怪圈後，犯人是怎樣做到不留腳印地離開。」

「那麼謎題解開了嗎？」美思滿臉期待地問。

堤馬聽到後卻聳聳肩，說：「不。一點頭緒也沒有。」

「什麼？那麼就算知道了畫出圓形的方法，也不肯定犯人是不是用了同樣的方法啊。」

「對。現在還不知道那個犯人是不是用這個方法畫出怪圈，所以也不能斷言太空船着陸這個可能性是錯的。」

看着堤馬說話時像在唱歌似的，我歪着頭想：堤馬早上明明心情很差，現在卻變得輕鬆起來，究竟發生了什麼事呢？

「堤馬你到底發現了什麼？你是有所發現，所以心情才會變好吧？」跟堤馬結識至今，我知道只要能解開「謎題」，他的心情便會變得興奮。

「我剛才不是說過了嗎？就是那個怪圈內的圖案啊。我已解開了那謎題。」堤馬張開雙臂站到我面前，令我嚇了一跳。

「什麼？你是指那個怪圈包含什麼訊息嗎？」

「是的，犯人，又或者外星人，在怪圈當中隱藏了一個訊息。」堤馬開心地說。

「究竟是什麼？快告訴我。」美思雙眼放光。

「好的，那麼現在便開始解讀密碼吧。」

提馬在筆記本上，用直尺在剛才畫出來的圓形上，繪畫跟怪圈相同的圖案。

「你們看清楚，圖案內的都是筆直的直線或橫線，只有三條線明顯和其他線不同。看得出來嗎？」

「你是指這三條斜線嗎？」我指

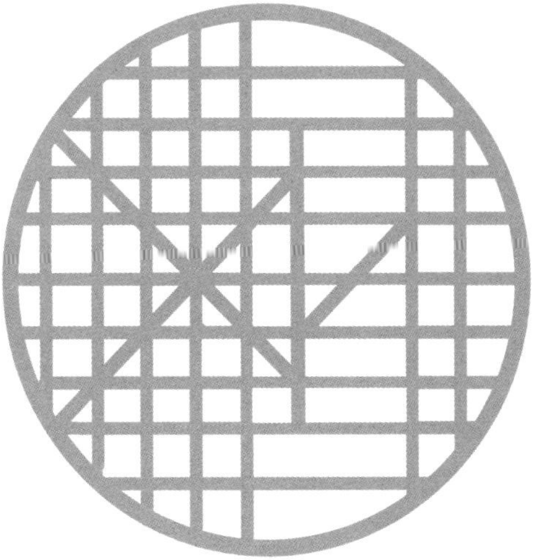

着那三條線説。

堤馬用力點頭説：「答對了。」並用紅色的木顏色筆畫在那三條線上，令它們更突出。

「不過，只這樣也看不出什麼啊。」美思看着紅線，問。

「別心急。其實只要仔細再看，還會發現另外一條跟其他不同的線。」

「還有一條？」我一直凝視着筆記本上的圖案，無論如何也看不出來。

就在此時，美思突然「啊」的一聲喊了出來。

「我發現一條直線比其他的線短。」

「答對了。」堤馬打響手指，「只有這條直線沒碰到圓周。」

堤馬一邊說着，一邊把另外一條線也塗成紅色。

「這四條特別的線，便是隱藏在怪圈中的訊息。」

我和美思直瞪着那四條紅色的線。

「訊息？阿理，看得出來嗎？」美思問我。

我搖搖頭：「不……」

那四條線跟其他線比較，可能真的有所不同，但我們卻搞不懂當中有什麼含意。

「就這樣看可能真的不容易看懂，那嘗試把它逆時針轉九十度吧。」

堤馬把筆記本向逆時針轉了九十度。

我和美思看到後，不約而同地叫：「是『文』字！」

「沒錯，隱藏在怪圈中的，正正就是『文』這個字。」

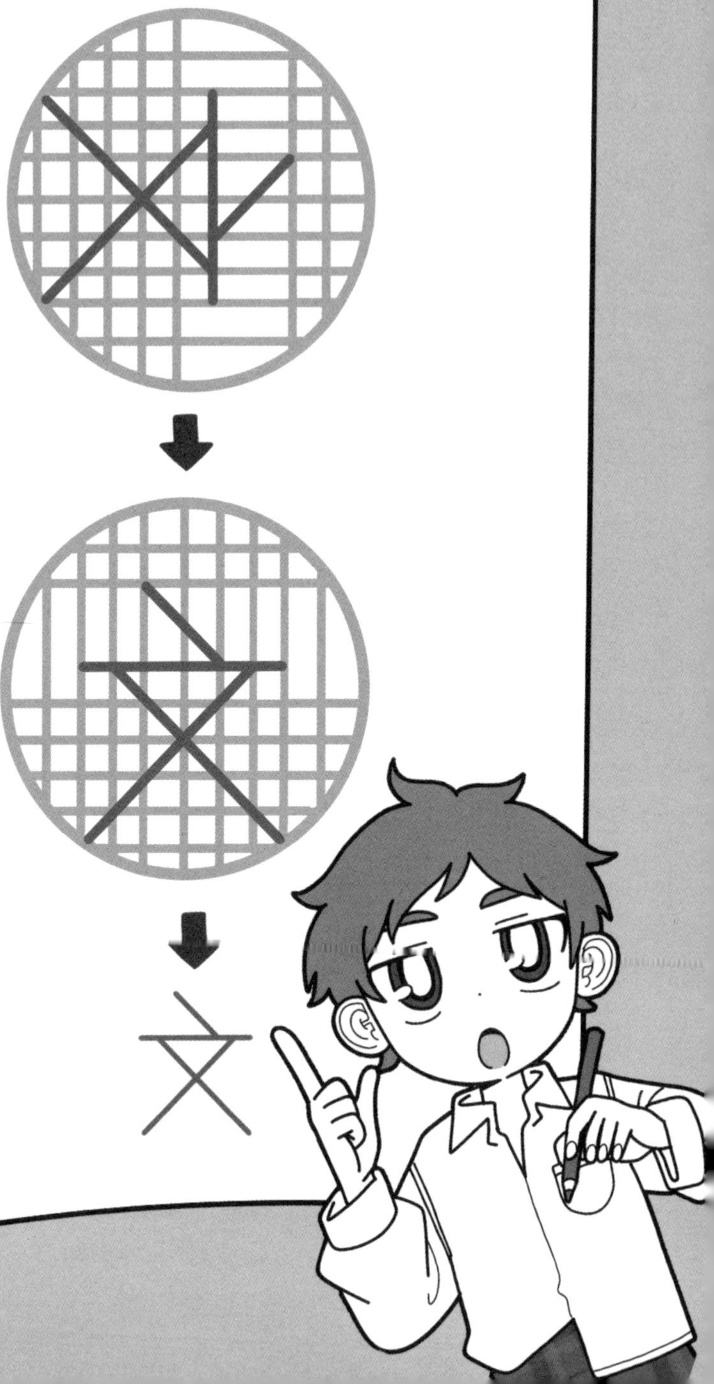

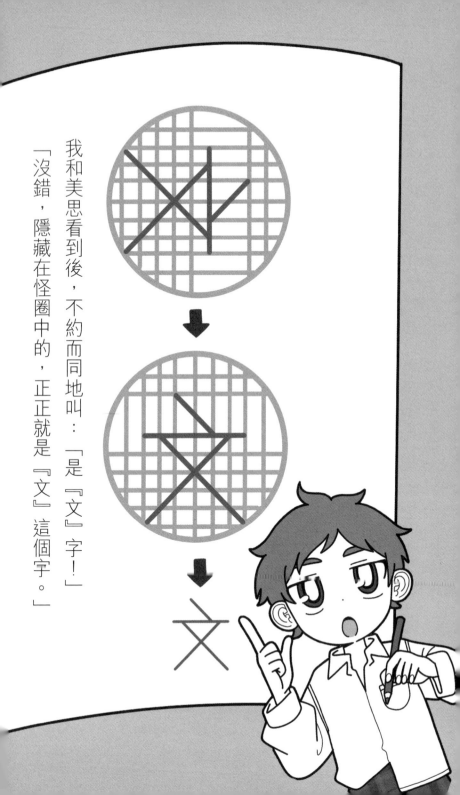

「『文』不就是今早那個……」美思眨着眼說。

堤馬點點頭，說：「沒錯，就是那個一年級學生的名字。」

「他就是犯人嗎？就因為六年級學生嘲諷說世上沒有太空船而心生不忿，於是他在操場畫上怪圈，讓六年級學生相信世上有太空船嗎？」

「現在下結論還太早。首先，以一個小一學生的能力，要弄出一個這麼大的怪圈一點也不容易。即使他真的是犯人，現在還沒弄清楚他是怎樣不留腳印而離開現場。」

「說得對啊。那麼我們下一步要怎麼

做？」美思感到思緒很混亂，雙手抱頭說。

「我們現在所得的資訊還不足以找出真相，不過，解開了隱藏訊息，也就知道該如何收集下一個情報了。」

「下一個情報？」美思的手指碰着嘴唇問。

堤馬高聲回答：「當然是從文空君身上打聽啊。」

4 誰坐在太空船上？

「種田文空君，你好。」文空同學正打算從鞋櫃取出鞋子*，提馬突然跟他打招呼。

當我們知道了怪圈中的隱藏訊息是「文」字之後，馬上跑到校舍地下。由於今天一年級學生只有四節課，所以這個時候，文空同學應該準備要回家。

「啊，你們是早上的人……」文空同學驚訝地看着我們。

「我是四年級的十堂提馬，不介意的話，你可叫我提馬。他們是柚木理君和神山美思君。我們有些事情想要問你，請問方便嗎？」

* 日本的學生在進入學校時會換上室內使用的鞋。離開學校就換上自己的鞋子。

「嗯，好的……」文空同學有點不安地點頭。

「我們想問你關於操場那怪圈的事情。」

聽到堤馬的話，文空同學登時變得開朗起來，說：「那是太空船降落的痕跡啊！」

「哦？你認為那圖案並不是人為的惡作劇，而是太空船降落的痕跡嗎？」堤馬問。

文空同學有點不明所以地眨着眼說：「你今早不是說過，如果真的是人為，雪地應該留下腳印才對吧？」

「哈哈，竟被你將了一軍，的確如此。」堤馬輕拍自己的頭，笑着說。

「好，下一道問題。文空君你為什麼認為太空船來過學校？」

「因為它是來見我的。」文空同學回答時沒半點猶豫。

就算是平時冷靜的堤馬，聽見回答後也不禁大吃一驚，雙眼瞪得大大的。

「你是說太空船是為了見你而來？那即是說，你也發現到怪圈中寫有你的名字嗎？」

「我的名字？」文空同學感到奇怪，睜大雙眼。

「原來你不知道這件事，可是你卻知道太空船是來見你的，那就是說，你親眼看到太空船嗎？」

「不……我是看不到太空船的，是太空船內的人看到我。」

「是說外星人在看着你嗎？」

「不對，才不是外星人！」文空同學搖着頭說。

提馬緊皺着眉頭問：「嗯？難道太空船上的並不是外星人？來看你的不是外星人嗎？」

「不是，如果外星人真的來了，那很可怕吧！」

看到文空同學用力地揮手，我的思緒陷入了混亂，本來我以為他為了「外星人是否存在？」這題目跟和也

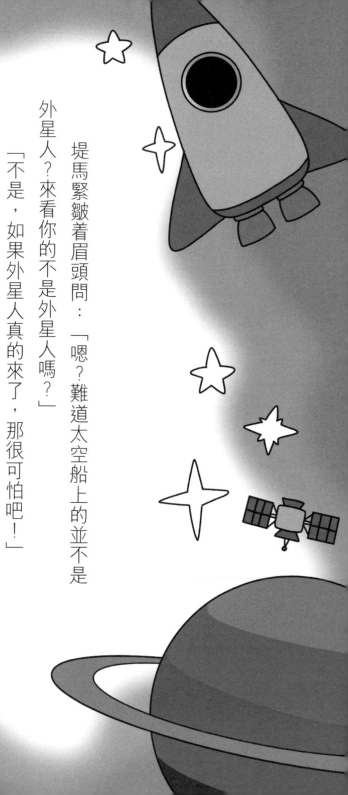

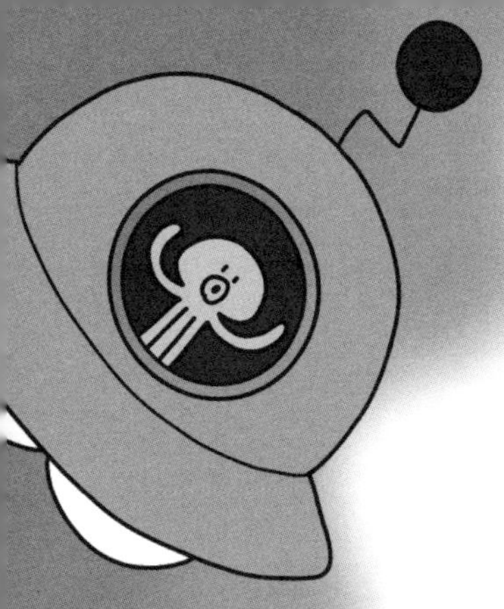

同學他們爭辯，是因為他對外星人的存在深信不疑。

可是，看到文空同學的反應，他相信的看來只有「天上有太空船在飛行」這件事情。

堤馬搔了搔鼻尖，問：「那麼，那艘太空船是屬於誰的？」

「是爺爺的。」

「爺爺？」堤馬反問。

「是文空君你的爺爺嗎？」

「對呀，是我的爺爺，他以前是製造太空船的。」

「那麼，是誰在你爺爺製造的太空船上看着你？」

「那個……」文空同學有點傷感，表情也逐漸變得僵硬。他匆忙地從鞋櫃取出鞋子，然後快步逃離學校了。

怎麼忽然變成這樣？正當我們覺得奇怪的時候，後方傳來很大的聲音。

「我得在寒假去北海道探望祖母。可是北海道總是下大雪，我不想去啊。哦，對了，今晚足球隊的練習結束後，你們來幫我把『那東西』搬回家吧。合三人之力的話總該可以……」

我回頭一看，一如所料，和也同學正和兩個朋友走着。今天輪到六年級使用體育館，他們應該是來玩閃避球的吧？

和也同學發現了我，停下了腳步。

「你這傢伙，不就是早上那個……」他突然目露凶光，握緊了拳頭。

今早我好不容易才避過了打架……

正當我想着要如何逃走的時候，在我身旁的提馬突然使勁地揮手，大聲地說：「啊！真理子老師，我有些事情想問你，請問方便嗎？」

和也同學用力發出「嘖」的一聲，跟朋友說：「我們走！」然後便到鞋櫃取回鞋子，轉向體育館的方向走了。

我大大呼了一口氣，在我旁邊的美思卻在東張西望，問：「真理子老師在哪裏？」

「我騙他的。」提馬一副得意的樣子說，「我這樣說的話，那些六年級學生，就不敢糾纏我們了。」

「提馬你真有辦法，好聰明。」美思用力拍了拍他的背，令他快要咳起來。

「先不管那個，剛才文空君回答我的問題，令我搞懂了許多事情。我們現在先回課室去吧。」提馬轉身就向課室走去。

「咦？你搞懂了什麼？快告訴我！」美思催促着。

堤馬邊走邊開始解釋：「首先，文空君應該不是製造出那個怪圈的犯人。因為那根本不是小一學生能製造出來的東西，而且他也不知道自己的名字隱藏在圖案之中。」

「會不會他只是裝作不知道呢？」

「如果他真的是在裝的話，應該會慌慌張張才對啊。但當我們告訴他，怪圈中寫着他的名字時，他只是一臉錯愕，那是真的一無所知的反應。」

「原來如此，那麼文空同學就和怪圈事件無關了？」美思雙手交疊放在腦後說。

堤馬用力地搖着手，說：「不，文空君的名字確實隱藏在圓圈中，自然脫不了關係，況且，他曾經說過他爺爺是製造太空船的。」

「但世界上不可能有人製造太空船吧？」我輕輕問。

提馬豎起食指說：「正確來說，不是製造外星人的太空船，而是製作火箭或者人造衛星這類可以射上太空的機械工具吧。我猜那位爺爺覺得這些用語對一個小孩來說太艱深，所以就告訴文空君，自己是『製造太空船』的。」

「原來如此，說不定是真的。」我點頭附和，一邊跟提馬他們步上梯級回去課室。

「那麼，又會不會是爺爺為了逗文空同學開心，真的讓火箭在操場登陸呢？」美思抱着胳膊說。

提馬聽得呆了，反駁說：「不可能！火箭本來的設計就不會着陸到地上的。就算火箭真的着陸，它產生的熱力會讓整個操場的雪融掉，說不定連操場也會受到破壞啊！」

「那麼，這件事要怎麼和文空同學扯上關係呢？」美思撅着嘴問。

「首先，那個名字不管是誰寫，也一定是為了給文空君看的。還有就是：究竟是誰、用什麼方法在雪地上不留腳印而畫出怪圈。還有就是：犯人為什麼非要這樣做不可。」

「什麼？到頭來還是什麼也沒搞懂。」

聽到美思的抱怨，今次輪到提馬撅着嘴了。

「那也沒有辦法啊。我們現在仍然是處於搜集情報的階段而已。」

就這樣說着說着，我們回到了課室。

我從窗邊眺望着那個怪圈，知道了內裏的隱藏訊息，這一次，我可以清楚地看到圓圈當中的「文」字了。

5 開始調查！

「會議還沒結束嗎？」堤馬坐在椅子上，一邊用手指敲着吧枱，一邊問。

放學後，我們一直留在校舍四樓最深處的懸疑推理學會會室。

會室以前是個小貨倉，去年才改建成現在的模樣。內裏放置着接近天花板高的大書櫃，書櫃放滿了推理小說。

會室最裏面，放着一張吧枱，上面擺放燒杯、燒瓶、酒精燈等東西，堤馬經常在枱上做各種古怪的實驗。

入口附近放着美思的東西：一張小型彈牀和練習體操用的單槓鐵架。

會室的其中一個角落，放置了一部「自動點唱機」，它的外型時尚，只要投入專用的硬幣，按下按鈕，點唱機就會自動裝配裏面的黑色膠唱片，播放音樂。它現在也在播放一首名為《帶我飛向月球》（*Fly me to the moon*）的英文歌。

堤馬坐的吧枱，其實是我一位經營酒吧（就是大人喝酒的店舖）的親戚，因為店舖翻新改裝而拆下來送給我的。所以我們小孩子坐在吧枱用的椅子上時，雙腳不會碰到地面。堤馬平常會在吧枱上邊喝果汁邊看推理小說，不過，他現在卻把剛開始看的《羅傑·艾克洛命案》擱在枱面，雙眼一直看鐘。

「堤馬你着急也沒用，會議沒那麼快結束，你還是慢慢等吧。」美思一邊跳彈牀一邊說。

使用後

老師們正進行會議，討論如何處理怪圈事件，這決定了我們能否直接到操場實地調查，所以提馬從剛才起就坐立不安。

「你這樣說我也無法冷靜啊，老師說不定可以讓我們去操場調查啊！」提馬把杯中的可樂一口喝光。

「既然如此，我們趁晚上偷偷進入操場調查不就可以了嗎？反正現在也差不多開始融雪了，一定不會被發現的。」美思一邊在彈牀上翻筋斗，一邊提出了壞主意。

「不可以偷偷潛入學校啊！如果被發現，老師和我們的媽媽也會很生氣啊，對吧，提馬？」

正當我想尋求提馬和應時，只看到他用手掩着嘴巴喃喃自語：

「的確，如果老師無論如何也不讓我們調查的話，也只好偷偷潛入操場了。為了挑戰『謎題』和找出真相，就算用上任何手段也是情有可原的……沒錯，怎樣也是情有可原的……」堤馬聽到美思提出的壞主意，竟然偷偷竊笑起來。

當我看得傻眼，大門忽然被打開，真理子老師出現了。她又忘了進入會室時要說暗號……

「要你們久等了，會議已經結束了。」

「結果怎麼樣？我們可以去調查怪圈嗎？還是不可以？」

堤馬緊張得從吧枱的椅子上跳下來，走向真理子老師。

「不要這麼緊張。學校決定明早請所有老師一起鏟雪，讓操場盡快恢復使用，所以，那個怪圈即將消失。」

「那我們的調查要怎麼樣？」堤馬焦急得像快要哭出來似的。

真理子老師輕輕摸着提馬的頭，說：「反正怪圈明天就要消失，你們現在把握時間，盡情調查吧。」

提馬的臉上瞬即換上了開朗的表情。

「理君、美思君，你們還發什麼呆？快趕在日落前調查吧！」

提馬從門旁的衣架，利落地取下外套披在身上，一邊對我們揚聲，一邊走出會室。

「等等啊，提馬！怪圈不會跑掉的，你不用這麼匆忙啊！」我和美思也緊隨提馬的腳步，離開會室。

6 雪花飛舞

「嗚嘩！真厲害，我還是第一次看到這麼美麗的雪景啊！」美思一踏出操場，便興奮得蹦蹦跳跳。

由於老師之前一直不准大家進入操場，所以自從下雪後便沒人進入過這兒。操場被潔白的雪覆蓋着，沒一個腳印，在夕陽映照下，積雪泛起了一片粉紅色。

「美思君，你冷靜點。我們不是來玩的……」

「嘩！」提馬話沒說完，美思已經尖叫着，張開雙手，背向雪地飛身躺下去。只聽見「噗」的一聲，她整個人已陷入雪中。

「嘩！這些雪軟綿綿的，好舒服啊。阿理、堤馬，你們也來試試吧！」美思一臉開心，邊在雪裏躺着，邊向我們招手。

「我才不要，這樣做身體會冷得發抖。對吧，理君？」

被堤馬這麼一說，我只好含糊地回應：「嗯……哦……」

其實看到美思玩得這麼開心，我也躍躍欲試。因為可以躍進這麼豐厚又潔白的積雪上，實在機會難得。

「什麼？這也太浪費了吧？明明這麼好玩。」美思盡情上下揮動着雙手。她揚起的雪花在夕陽映照下，閃着光芒，看起來就像櫻花散落。

面對這麼美麗的景色，我不知不覺看得入迷。

「對了，機會難得，我們來堆雪人吧。啊！建雪屋也不錯啊。我以前在電視上看過有人在雪屋內燒年糕，我也很想試試啊。」躺在雪地上的美思突然坐起來了。

「建雪屋不會太困難了嗎？要將大量的雪堆積起來固定，然後再把中心的雪挖走，才可以造出空間，供人走進去吧？」我說。

美思舉高雙手，姿勢像是在投降似的，說：「沒問題！」

「只要去校工室便可以借到大雪鏟，有了它便可以造雪屋了。堤馬，我們三人一起造雪屋這建議不錯吧？我們就去校工室！」美思終於從雪地中爬出來，滿懷幹勁走向堤馬。

「對啊，首先還是要先去校工室吧？」堤馬隨即轉身。

「不愧是堤馬，就是這樣做才對啊。」美思跳着小碎步緊跟他。

「啊，等等我啊！」我急忙追上他們。

我完全沒想到堤馬會同意造雪屋，我還以為他一定會說：「解開謎題可比弄那個東西重要得多啊！」

堤馬是看到了美麗的粉紅色雪景，所以也被觸動了嗎？就在我這樣想的時候，我們已經到達校工室了。

「唔？有什麼事嗎？」在校工室內喝茶的校工叔叔看到我們後，流露出驚訝的神情。

「我們得到老師准許，來借用工具的。」美思簡潔清晰地說。

「哦，你們就是真理子老師說的學生嗎？」校工叔叔連連點頭說。看來真理子老師早已想到我們會來校工室，所以預先知會了校工叔叔。

「她要我盡量滿足你們的要求。那你們想借什麼呢？」

校工叔叔一問完，堤馬便馬上說：「我要這個。」然後指着放在校工室一旁的大型摺梯。

「咦？為什麼不是借雪鏟？我們要建雪屋啊。」美思不滿地說。

「解開謎題可比弄那個東西

重要得多啊！」堤馬竟把我剛才猜想的對白說了出來。

「我們現在最需要的，不是雪鏟而是摺梯。我現在要把它帶到操場，開始調查了。」

美思看着變得興奮萬分的堤馬，自己卻鼓起了腮幫子。

「那你跟阿理去調查吧，我自己去建雪屋。」

「不行，這樣我會有困難啊。接下來的實驗，需要美思君的協助才行啊。」堤馬開始着急。

「我不要！如果你們不幫我造雪屋，我是不會幫忙的。」美思說完便別過了臉。

堤馬面露難色，沉默佇立着。

要是繼續這樣僵持下去，到天黑了的話，既無法解開怪圈的謎題，也無法玩雪了。

無可奈何之下，我唯有出面調停：「不如這樣吧，今天首先調查事件，然後待明天早上，我們三個早點回學校一起造雪屋，你們覺得怎麼樣？」

美思的一雙大眼睛不知眨了多少次後，臉上終於重現笑容，說：「好，可以啊。」

「一言為定，堤馬也沒有異議吧？」我問堤馬。

堤馬苦着嘴臉説：「一大早回學校會很冷吧？而且造雪屋要花很多時間，好像很辛苦啊……」

「我們不是需要美思幫忙嗎？你就忍耐一下吧。大偵探不是會為了解開謎題而用上任何方法的嗎？」

聽到我這樣說，提馬才不情願地點了點頭。

7 雪中奮力一跳

「理君你在做什麼？走快一點吧！」一直向前邁步的提馬轉過頭來對我說。

「我也想走快一點啊，但在雪地上太難行了，而且我還拿着這東西，實在沒辦法啊！」我邊說邊看着那把從校工室借來的摺梯，現正架在我的肩膊上。

摺梯本身已很重，加上現在積雪已堆至小腿，在這樣的情況下走路，真的很艱難。

現在明明是冬天，可我卻熱得開始冒汗了。

「阿理，你還好嗎？我們輪流拿摺梯好嗎？」美思在我身旁走着，並擔心地慰問我。

請她幫忙拿一下也好。正當我打算開口，堤馬卻斬釘截鐵地說：「不行啊！」

「我剛才也說過，美思君在接下來的調查當中，有一項重要任務，所以我們一定要確保她在任務開始前，保留足夠的體力。」

「究竟我今次要幹什麼？是時候告訴我了吧？」

我一邊看着美思走在雪地上的輕鬆背影，一邊垂頭喪氣地繼續往前走。

「終於到了……」

我追上了他們，然後把摺梯卸下，放到雪地上。

眼前便是那個怪圈了。之前已經從高處把圖案望得一清二楚，但在這麼近距離看這麼巨大的圖案，反而看不清它的整體。

「嗯，原來如此。」

堤馬拿出了放大鏡，一邊彎腰觀察積雪的地面，一邊沿着怪圈的外圍走，直徑看來足足有十米。

「你在幹什麼？我們不是要調查怪圈嗎？」看着堤馬慢慢繞着怪圈走了一圈回來，美思問。

「我正在調查啊。」堤馬把放大鏡放回外套內側的口袋中。

「可是你沒有調查怪圈，只是看着它的外圍。」

「要推理怪圈之謎，圈外雪地的狀態，也是重要的情報啊。」

「怪圈之謎？」美思歪頭問。

「沒錯，這次事件的最大謎題，就是犯人怎樣在不留腳印的情況下，在雪地畫出圓圈。」

「但調查圓圈外圍就能解開謎題了嗎？」

「這樣做可以確認我其中一個想法是否成立。」

「什麼想法？」美思用手指碰着下巴說。

堤馬則豎起了食指放在臉旁回答說：「是踩高蹺。」

「踩高蹺？」聽到這個完全出乎意料的詞語，我不禁失聲叫道。

「是的。」堤馬使勁地點頭說，「犯人畫好怪圈後，有可能是踩高蹺離開的。」

「高蹺的腳和地面的接觸部分很小，就算用來在雪地上移動也不會像走路般留下腳印，利用這方法，犯人便可以不留痕跡地離開現場。而且，倉庫內就有高蹺，和單輪單車一同存放着。」

「提馬你真厲害，真相一定是這樣子！」美思興奮地說。

可是提馬卻沮喪地搖頭，說：「不，不對。要是使用高蹺，雪地上也會留下小小的洞。我們從課室遠望可能看不清楚，現在我走得這麼近，還用上放大鏡，卻完全沒有找到小洞。」

「原來如此，我以為剛才你說的一定是正確答案，原來不是嗎？」美思聳聳肩，「真是的。」

「那你還有沒有其他想法？」我問。

提馬笑着回應，說：「當然有。」

「就是為了驗證這個想法，我才特意請你把那沉甸甸的摺梯帶來的。」

「它？」我指着身邊的摺梯說。

「沒錯。可以請你再拿着它跟我來嗎？」

又要拿起那沉重的摺梯嗎……我歎了一口氣，再次把它架在肩上，跟在堤馬身後走。他圍着怪圈外圍再次走了一圈，戈弓心後轉而走到距離校舍最遠的一個位置。

「好，在這裏打開摺梯吧。」

「嗯，好的……」

我按照堤馬所說，在雪地上打開摺梯。它是校工叔叔更換課室光管時使用的，所以是學校裏最大的摺梯，它最高的那一層比我整個人還要高。

「好了，美思君，該你出場了。」

「咦？我嗎？」美思之前一直輕鬆地哼歌，跟在我和堤馬後面走，聽到後不禁指着自己的臉問道。

「沒錯，你看看那棵樹。」

堤馬指着一棵生長在操場盡頭的櫻花樹，那棵樹距離我們約有十米，「那棵櫻花樹的樹枝一直延伸到我們的附近。」

的確，那如小孩手臂粗的樹枝，延伸到我們面前兩米左右，不過樹枝離地三米，我們根本觸碰不到它。

「你可以利用梯子作為跳台，跳往那樹枝嗎？」

「啊？你是想我跳上那樹枝嗎？」美思眨着眼問。

「沒錯。另一個不留腳印離開這裏的方法，就是利用摺梯跳到樹枝上，然後沿着樹枝爬回樹幹，再離開學校。」

「好像很有趣，讓我來試試。」美思興奮地說完，便輕盈地爬上摺梯，站在最高的一級。

「阿理、提馬，你們要好好抓緊摺梯啊。」

美思看到我和提馬正用力地抓着摺梯不讓它搖動，之後凝視着那樹枝。

「可是，要跳上樹枝始終也得用上摺梯吧？但現場卻沒有留下摺梯，難道不是這方法？」我正用力地捉緊摺梯，也不忘問提馬。

「要收回摺梯有很多方法，例如跳上樹枝後再把它抽上來，要做到不留痕跡當然很難，但也不是不可能。總之，我們第一步，先要試試是否可以跳到樹枝上。」

就在我們交談的同時，美思已經多次深呼吸，雙手也開始大幅度地前後擺動着。

她要跳了！我使勁抓緊摺梯。

「我跳了！」

美思鼓足勁大叫，她像貓咪般把身體放軟後向樹枝跳了起來。

她的身體好像不受地心吸力影響般，輕盈地在空中飛舞着。我和堤馬看着也不禁「啊」的一聲叫了出來。

美思全力伸出雙手朝向樹枝，指尖隨即扣上了樹枝。

她像單槓體操選手般，雙手抓着樹枝轉動，打了一個空翻。

「好厲害啊，美思真的太厲害了……」

就在我感動得大聲稱讚之際……樹枝突然折斷了！

美思抓着的樹枝，在接近樹幹的位置上忽然「啪嚓」一聲斷裂了。

「嗚嘩嘩——」

伴隨着慘叫聲，美思頭部朝下掉下來了！

「危險啊！」

正在我失聲大叫的同時，她竟然像貓咪一樣，在空中扭轉身體，以雙腳着地。

不過就算美思身手有多好，要在堆滿積雪的地面上着地始終不容易，她着地時也滑了一下，整個人向後倒於雪地上。

「你沒事嗎，美思？」我慌忙踏着積雪飛奔過去。

「嚇死我了！」美思以大字形躺在雪地上，猶有餘悸地眨眨眼。

後面傳來「沙沙」的踏雪聲，回頭一看，原來是堤馬緩緩地走近。

「哎呀，果然是不可能啊。」

「『果然』是什麼意思？」氣在心頭的美思，從原本倒下來的狀態用力舉高雙腳，再利用雙腳向下擺的力量令自己彈起來。

這動作好像叫做「蜈蚣彈」*。

美思揚起的雪，在夕陽映照下發出閃閃的紅光。

* 這又稱「鯉魚打挺」。

「你是明知我會失敗仍要我跳的嗎？如果我受傷了怎麼辦？」美思露出令人生畏的表情，質問堤馬。

「你先冷靜點。」堤馬略帶一點慌張，嘗試安慰美思說，「因為美思君你有最出色的運動神經，所以我肯定你是絕對不會受傷的。」

堤馬企圖胡混過去，而美思獲稱讚「有最出色的運動神經」後，果然立即滿意地笑了。

「嗯，的確，我出色的運動神經讓我不

會受傷，但你明知我做不到仍要我冒險，那不是太過分了嗎？」

「我並非明知道結果仍要你去做的。雖然我本身認為不太可能，但我覺得美思君說不定可以做得來，所以才去做這個實驗的。」

「實驗？」美思一臉不解。

「沒錯，如果連全校最靈活的美思君也做不到的話，便可以得知根本沒有人可以跳到樹枝上了。這就可以推翻犯人在畫下怪圈後，跳到樹枝再離開現場的假設了。」

我一邊聽解釋，一邊從稍遠的地方看着那怪圈。

「即是說，踩高蹺和跳上樹枝也不對了吧？那麼，這個怪圈究竟是誰、用什麼方法畫下的呢？」

「還不知道啊。因為我們現在仍然處於驗證每個假設的階段。」

「啊，那麼，你覺得我這個想法怎麼樣？」美思把衣服上的雪粒拍打下來後，用力地舉起手說：「犯人在畫下怪圈後，乘坐像熱氣球之類的東西離開，就可以不留腳印了吧？」

「那是不可能的。」堤馬大大歎了一口氣，「學校四周都是民居，就算是深夜也好，像熱氣球那麼引人注目的東西出現，一定會被人發現的。該說啊，根本就不可能使用日常的交通工具，在不被發現和不留下腳印的情況下把人運走。」

「那麼太空船也做不到吧！」美思漲起了腮幫子說。

「說不定太空船有變成透明的技術，令人看不到它。至少現在，我們不可以完全否定這個可能性。」提馬興奮地指着怪圈。

「那麼，怪圈還真的是太空船弄出來的了？」我陷入了混亂。

「我都說了，我們現正努力地收集情報，以判斷真偽。」提馬聳聳肩說，「如果我們最後能證實，人類怎樣也不可能不留腳印地畫出怪圈後離場，到時候，便可以說太空船就是犯人了。」

「推理還真難啊。」

聽到美思這樣說，提馬面上露出微笑說：「沒錯，推理是很困難的，同時也充滿樂趣。」

提馬再次走到怪圈附近，從外套內取出放大鏡，觀察地面。

「是不是有發現？」美思問。

「你們來看看這個。」提馬指着怪圈外圍，圓周一帶的地面。

我和美思的視線越過提馬的肩膀，注視着地面。

「這裏雖然看來是地面，但仔細看，並不是完全沒有雪。雖然只有薄薄一層，但也是有着積雪的。」

如提馬所言，只要用心看，便會發現棕色地面上，鋪着薄薄的一層雪。

「從遠處看，怪圈像是以雪鏟清理積雪後出現的，可是像現在這樣仔細地看的話，這更像是使雪融化而畫出來的。」

他把放大鏡放回外套，用手按着嘴巴思考着。

「如果要使雪融化，是用火嗎？難道是火槍？」

我想起甜點師在焦糖燉蛋上桌前，會用噴火的工具，在燉蛋表面做出燒焦的效果。

「不，用火來燒雪的話，周圍的雪應該也會融化，到底是用了什麼方法呢……」堤馬抱着胳膊呢喃。

「啊！」美思突然大叫起來。

「怎麼了，美思？」我問。

美思指着怪圈當中的地面部分，說：「你們看！」

仔細一看，那兒有個小小的銀色東西。

「這是什麼？」我拾起它，原來是一條小小的鑰匙，「這究竟是什麼？」

這鑰匙跟我拇指差不多大小，我把它拿到眼前端詳。

「那應該是單車鑰匙。我媽媽的單車也是用類似的鑰匙的。」美思說。

「為什麼鑰匙會掉在這種地方？它和怪圈有關係嗎？」我喃喃自語。美思聳聳肩，說：「應該沒關係吧？莫非你想說怪圈是用單車畫成的麼？應該是有人不小心把鑰匙掉在這裏罷了。」

「對啊……」

就在我和美思交談之際，堤馬把胳膊抱在胸前，一臉凝重。

「對了，堤馬，你想到犯人用什麼方法在雪地上畫出怪圈了嗎？」對鑰匙失去興趣的美思問。

「完全沒有頭緒。究竟要怎樣做才可以不留腳印離開？難道真的是太空船所為……」堤馬一臉不甘心地搖頭說。

「如果不是太空船，說不定是魔法啊。」美思半開玩笑地說。

「魔法？」堤馬聽到後眉頭一皺。

「對。童話中不是常出現這樣的情節嗎？就是魔法師撒出魔法粉末後，便出現了漂亮的圖畫。」

「魔法粉末……」堤馬半張着嘴，自言自語，然後抬頭望向逐漸昏暗的天空。

「魔法粉末……令雪融解的魔法粉末……」

提馬突然蹲在地上，抓起地面上的薄雪，毫不猶豫地放進了口中。

「等一下，那很髒啊！」

「吃了那些雪會拉肚子啊！」

雖然美思和我都慌忙制止，但提馬像是完全沒聽到，睜大雙眼大叫：「是魔法粉末啊！」

我和美思都被提馬嚇了一跳，身體不自覺地抖了一下。

「提馬你怎麼了？」美思戰戰兢兢地問。

「果然如你所說啊，美思君，犯人真的是用了魔法粉末來畫出

怪圈的！」

「什麼？你說魔法粉末……那麼犯人不是外星人，而是魔法師？」美思不解地眨着眼。

「慢着……」提馬忽然說了一句，之後便低聲自言自語。

「既然是用了魔法粉末，也就是說犯人曾經去過那兒吧……可是，犯人為什麼要大費周章畫出怪圈呢……一定有什麼重大理由，才會做出這種事……」提馬完全進入了自己的世界。

忽然，遠處傳來一把聲音：「你們還在嗎？」

回頭一看，原來真理子老師正揮手走向我們。

「天快黑了，你們快結束調查吧。」

「真理子老師！」一直低着頭的提馬猛地抬起頭來。

「怎麼了？」

「我有些事想請教老師。文空君的爺爺真的從事過製造太空船的工作嗎？」

真理子老師聽到後，表情變得凝重起來，說：「為什麼你會知道的？」

「剛才和文空君交談時，是他告訴我的。」

聽到堤馬的回答，真理子老師大大歎了一口氣，說：「是的，文空說他的爺爺曾經在一家不知是製造太空船還是火箭的公司當研究人員。文空爺爺他們製造出來的火箭，是可以把人造衛星發射到太空去的。」

「文空君和爺爺關係很好吧？」

「對，他們關係非常好，文空説爺爺很疼愛他。」

「明白了，接着是最後一個問題……」

堤馬沉默了一會後，徐徐問道：「文空君學的爺爺是不是在最近離世了？」

我和美思驚呼：「什麼？」

真理子老師露出了悲傷的表情説：「文空連這件事也告訴你們了？」

「我沒有直接問他。不過當文空君説出『有人在太空船上看着我』時，我便猜，可能他爺爺在生病時曾經對他説過『爺爺過世後也會在天上守護你』之類的話。」

聽到堤馬的解釋後，真理子老師舉起雙手，一副投降的樣子説道：「真不愧是大偵探提馬！」

「真理子老師，我有一件事想拜託你。」

提馬靠近真理子老師，用我們聽不到的聲音說了一些話，真理子老師聽後皺着眉。

「為什麼一定要這樣做？」

「為了解決這次事件。」

「解決？你意思是如果我按你的話去做，就可以解開怪圈之謎嗎？」

「不，怪圈之謎我已解開了。」

我和美思看着提馬自信地點頭，再次吃驚地大叫：「什麼？」真理子老師也吃驚得眨着眼。

「怎麼回事？你剛才還說完全沒有頭緒的啊！」

聽到美思的話，堤馬一臉得意地左右擺動着食指。

「因為剛才我還沒收集到足夠的情報，但現在我已經取得解開謎題的所有線索了。好了，就像平常那樣進行吧。」

堤馬輕輕咳了一聲，挺起胸膛作出宣言。

我要向各位讀者挑戰。

現在已經集齊了解開
「雪地怪圈事件」的線索了。

究竟是誰、又為了什麼……

還有用了什麼方法，可以在雪地上不留腳印而畫下怪圈呢？

我希望各位讀者也來解開謎題。
這是我向你們下的挑戰書，
期望你們可以好好推理。

8 犯人是誰？

在一個稍微昏暗的寬敞房間，月亮的光線從大窗戶照射進來。房間內排列着一個個足以讓小孩躲藏的大鍋子。

這裏是位於學校地面層的角落，是為全校學生準備午餐的午餐準備室。

門被慢慢打開，三個身影潛進了午餐準備室。那些人影彎着腰，朝房間一角的調味料櫃前進。

到達目的地，黑影便蹲下來，開始在地上找尋着什麼。

突然，午餐準備室的燈亮起來，三個蹲伏着的身影——六年級的松本和也及他的朋友隨即停止了動作。

「晚上好。現在已經是晚上十時了，各位來到午餐準備室這種地方幹什麼？」

堤馬躲在餐具櫃旁的暗處，打開午餐準備室的照明後，用嘲弄的口吻質問三人。

一同埋伏着的我和美思也現身了，走到堤馬的身旁。

「你、你們……在這裏幹什麼？」和也同學慌張地說。

「當然是來等着和也同學你們出現啊，對吧？」

我和美思對望了一下，其實我們也不知道自己為什麼要在這裏待着。

四小時前，堤馬宣布了「給讀者的挑戰書」後，隨即說：「那麼今晚我們在學校集合吧！」

我們當然馬上問他集合原因，但他卻沒有告訴我們，只說：

「目前還是秘密。」

他就算已把謎題解開，也只會留在最後一刻才說明一切。

無可奈何之下，我和美思只好先回家吃過晚飯再回學校。平時媽媽是不准我晚上外出的，但今天真理子老師打電話向媽媽解釋了，所以我便可以應約。

晚上八時左右，我們在學校集合，然後到了懸疑推理學會的會室消磨時間。堤馬看推理小說，美思做柔軟體操，而我便看漫畫。不經不覺，時間接近晚上十時，也是我平常入睡的時間。

我開始覺得睏倦而呵欠連連，忽然聽到堤馬說：「終於來了！」

堤馬指着窗外，雖然不知道他在說什麼，我們也循着他所指的方向望去，竟然看到和也同學他們三人正打算爬過已上鎖的學校正門，潛入校園。

「我們也出動吧！」堤馬從衣架上取下外套披到身上說。

「咦？出動幹什麼？」我不解地問。

堤馬眨一眨眼，說：「當然是去解決事件啊！」

然後，我和美思就被堤馬帶到午餐準備室，躲藏在餐具櫃後的暗處。

「這個嘛，和也同學……」堤馬對和也同學喊話，「這句話應該是我來問你才對啊。你們三個這麼晚了還潛入午餐準備室，究竟想幹什麼？」

「……這跟你無關吧！」他明顯避開提馬的眼神說。

「可能真的跟我無關，但就我剛才所看到的，你們好像是在找什麼東西，對吧？」

聽到提馬的話，和也同學大大地「嘖」了一聲，說：「我就說，事情和你無關啊！」

「是嗎？不過話說回來，你們在找的，難不成是這個？」

提馬在大衣的口袋中，取出了一條小小的鑰匙，也就是我們傍晚在怪圈附近拾到的那條。

和也同學他們瞪大了雙眼，問：「為什麼會在你手上？」

「當然是拾到啊。這鑰匙果然是你的吧？」提馬一邊說，一邊左右搖動着鑰匙。

「對，那是我的，快還給我！」

和也同學逐步走向堤馬，打算取回鑰匙。誰知堤馬把手一收，令他搶了個空。

「你這傢伙在玩什麼？快還來！」

和也同學三人眼神一變，看來是要向堤馬動粗了。堤馬慌忙躲在我的身後，說：「理君，該你出場了！」

又是這樣……

我歎了口氣，和也同學其中一個朋友想要揪起我的衣領，我撥開了他的手，並輕輕鎖着他手肘的關節。

「好痛！」那人一邊大叫一邊想掙脫。

我按着他的手肘來限制他的行動，然後把他推前，和另一個同學撞在一塊，兩人隨即抱在一團倒在地上。

和也同學看得目瞪口呆，不自覺地後退了數步，遠離了我。

「你、你幹了什麼？你這怪物……」

「竟叫我做怪物，真是太過分了……」他的話讓我受到了很大打擊。

堤馬從我身後走出來，再次在和也同學面前晃動着鑰匙。

「這是單車鑰匙吧？說起來，你中午好像說過要把什麼東西運回家吧？難道泊在學校正門的單車是你的？你應該一直想着如何把它搬回家吧？」

「……是、是我的又怎麼樣？」和也同學斜視着堤馬。

「沒怎樣，我只是在想那輛單車是什麼時候開始泊在那裏而已。」堤馬彎起了嘴角，「因為積雪是昨天早上形成的，所以單車不可能比昨天早上遲出現。也就是說，單車至少在星期六已經泊在學校正門旁。不過為什麼要一直把它停泊在學校呢……」

「……就是因為掉了鑰匙啊！」和也同學生着悶氣回答。

「那就奇怪了。星期六操場開放之後，老師都在正門旁目送學生離開的。如果當時他們發現有單車，應該把它搬走才對。而更奇怪的是，為什麼明明有單車停車場，你的單車卻要泊在正門旁？而且，你的單車鑰匙為什麼會掉在那麼奇怪的地方？」

「你說奇怪的地方，你到底在哪裏拾到它的？」和也同學擔心地問。

「就在那裏啊。」堤馬指向大窗戶，月光正從外面透進來，而窗外，便是鋪滿雪的操場。

「在操場拾到的，就在怪圈那裏。」

和也同學他們聽到後，面容變得僵硬。

「咦？什麼？即是怎麼樣啊？如果那鑰匙是和也同學的，也就是說……」美思雙手抱着頭說，她是否聽得一片混亂呢？

堤馬豎起了食指放在臉旁，說：「沒錯，他們三個就是畫下怪圈的犯人！」

9 魔法粉末的味道

「這三人就是犯人？」提馬讓人意外的發言，令我不由自主地大叫。

「沒錯，他們三個就是在雪地上製造怪圈的犯人，以此造出太空船降落過校園的假象。」提馬像唱歌般，心情興奮地一一解釋事件，「和也同學他們在星期六晚騎單車來到學校，就像今天那樣潛入校園，再在操場上畫下怪圈。不過犯案過程中，卻丟失了單車鑰匙，因為晚上太黑，一時間找不着，所以他們只好把單車遺下，先行回家。」

「等、等一下……」我不解地按着頭問，「你說怪圈是在星期六晚上畫下的嗎？但這不可能啊，積雪是星期日才形成的，星期六晚上根本沒有雪地給他們畫怪圈啊。」

「可以辦得到的，全靠美思君的話給了我提示。」堤馬瞄着美思說。

美思不解地指着自己，問：「咦？我嗎？」

「沒錯，傍晚時你不是說過魔法師撒出魔法粉末嗎？」

「我的確有說過……」

「那便是正確的答案啊！和也同學他們就是用魔法畫出怪圈的。」

「等一下，我搞不懂。」美思好像頭痛那樣，用手按着額頭說。

「那為什麼和也同學他們要走來午餐準備室？」

「那是我拜託真理子老師作出的安排。我請真理子老師待和也同學三人完成課外活動、準備回家時，故意對他們說：『午餐準備室發生了失竊事件，明早會有警察前來，調查小偷有沒有遺下什麼東西。』不過，如果我們最後沒有抓到犯人，明天真的會請警察前來調查啊。」堤馬說。

原來堤馬傍晚和真理子老師悄悄說的，就是指這件事情。

「和也同學他們擔心自己的單車鑰匙是在午餐準備室丟失的，如果被警察找到的話，他們就會被抓，所以便連夜慌忙回到學校，來午餐準備室尋找了。」堤馬笑說。

雖然我逐漸明白發生什麼事情了，但仍充滿着很多弄不懂的事情，所以我張口問道：「為什麼和也同學他們會認為鑰匙掉在午餐準備室呢？」

「因為星期六晚上，他們在畫怪圈的時候，不單到了操場，還潛入了午餐準備室。」

「潛入午餐準備室？他們為什麼要這樣做？是因為肚子餓，進來找東西吃嗎？」美思歪着頭問。

堤馬聽到後，搖着手説：「不對。因為午餐準備室裏藏有『魔法粉末』。」

「魔法粉末？」我和美思異口同聲問。

「對，和也同學他們在星期六晚上潛進這裏，偷走了魔法粉末，再在操場上畫出怪圈。」堤馬指着窗外的怪圈説。

「為什麼午餐準備室會有魔法粉末？其實魔法粉末是什麼？」美思問道。

堤馬笑了笑，說：「美思君，今天午飯時，你不是投訴抓飯的味道很淡嗎？」

「嗯，對呀，可是那又有什麼關係？」

「不單是有關係這麼簡單，那正是解開『雪地怪圈事件』的最大提示。」

「午飯的味道是提示？」

「我問過真理子老師，膳食職員今早打算做午餐的時候，發現『那東西』消失了，他們在沒辦法之下，只好在沒有『那東西』的情況下做抓飯，所以才無法做出好吃的味道。」

「『那東西』就是『魔法粉末』嗎？」我急忙問。

堤馬用力地點了點頭，說：「對，那正是『魔法粉末』。和也同學他們就是利用了這東西，可以不留腳印在操場畫出怪圈。」

「那個魔法粉末到底是什麼？快點告訴我啊！」美思焦躁地靠近堤馬，她應該再也受不了堤馬賣關子了。

「不用這麼緊張。我們今天去調查怪圈時，畫了圖案的雪，已經開始融化。你們記得那時我吃了那些雪嗎？」

「嗯，記得啊。」我點頭說。

「那些雪其實是有味道的。」

「有味道？」美思歪着頭說。

「對，是鹹的啊。」

「你說是鹹的，難道是……」

我驚訝得睜大了雙眼。

提馬張開雙手，回應說：

「對，就是鹽啊。午餐準備室內的鹽，正正就是畫出怪圈的魔法粉末。」

10 雪地怪圈的製作方法

「鹽就是……魔法粉末嗎……」我感到混亂，呆呆地呢喃。

提馬在臉旁舉起食指說：「是融雪劑。」

「咦？什麼？」我沒聽過這詞語，禁不住問。

「就是撒在道路上，能防止積雪和道路結冰，避免車輛打滑發生意外的工具。」

「哦，我在電視上看過，東北地方和北海道*一帶的人們會在高速公路上，撒上白色的粉末。」美思興奮地舉起手說。

「對，那個就是融雪劑了。最常用的融雪劑，就是氯化鈉，即是做菜用的鹽。下午的時候，和也同學不是說他的祖母住在北海道

* 日本的東北包括了青森、岩手、宮城、秋田、山形和福島一帶。北海道是日本最北的地方，平均氣溫較低。

嗎？所以他一定知道鹽是可以融雪的。」

聽到提馬的解釋，美思手指碰着嘴唇說：「為什麼撒鹽可以融雪？」

「水到了攝氏零度就會變成冰，這在科學堂有學過吧？」

美思點着頭「嗯」地答了一聲。

「可是，如果水混入了其他物質的話，溫度要比零度更低才會結冰。如果混入的是鹽，那麼就要在負二十度時才會結冰。所以，如果在地上預先撒上鹽的話，鹽上面的積雪，很容易融掉。這是高年級才會學到的科學原理。」

「哦，原來如此，真有趣啊。」

聽到美思的話，提馬點點頭說：「所以我就說推理很有趣啊。

就像這一次，利用在科學堂上學會的知識來解開謎題，大偵探需要懂得很多事情才行啊。所以我總是很努力學習。」堤馬一邊洋洋得意地說，一邊看着臉如死灰的和也同學三人。

「你們從天氣報告得知星期日會下大雪，所以在星期六晚上潛進學校，在午餐準備室拿取了大量的鹽，然後用鹽在操場上畫出奇異的圖案就離開了。」

堤馬說話的聲音傳遍了午餐準備室，不知是誰用力地吞了一下口水，發出了聲響。

「之後，就如天氣報告所說，星期天一大早就開始下雪，操場開始積雪。然後，撒了鹽的部分融掉，怪圈就出現了。事情就是這樣吧？」

發。

堤馬對着和也同學他們説話，可是他們依舊一臉嚴肅，一言不

堤馬毫不在意，繼續説下去：「和也同學他們成功不留足跡地造出怪圈，可是卻犯下了一個錯誤，就是中途丟失了單車鑰匙。他們就算想找，在昏暗的校園內要找這麼小的鑰匙也相當困難。」堤馬把手上拿着的鑰匙左右搖動。

「所以只好把單車留在學校外面就離開了。」我小聲地説。

堤馬笑着説：「正是如此。然後，我請真理子老師放出消息説警察明天會來調查午餐準備室，和也同學害怕自己的鑰匙是在午餐準備室丟失的，如果鑰匙在這裏被發現的話，就會被人查出是他進來把鹽拿走，所以他打算早警察一步來這裏找。」

堤馬瞇眼看着和也同學。

「也就是說，和也同學他們中了我的圈套。」

和也同學一臉不甘地咬着唇。

「這下子，雪地怪圈之謎都解開了。」堤馬一副滿足的樣子說。

我慌忙喊：「等一下！」

「我們的確知道了如何製造雪地怪圈了，可是，和也同學他們為什麼要費這麼大工夫，冒着被老師發現和責罵的風險也要做這樣的事情？」

「那可簡單啊，就是為了文空君啊，對吧？」

聽到堤馬的話，和也同學發出了「呃」的一聲。

「這是怎麼一回事？他們三個不是在欺負文空的嗎？」不知是否腦海一片混亂，美思皺着整張臉來問道。

「對，和也同學他們三個因為說世上沒有太空船，而把文空同君弄哭了，可是，他們之後被真理子老師教訓時，得知文空君最親愛的爺爺最近離世了，而他深信自己的爺爺會坐着太空船在天空上守護着他。」

聽着堤馬的話，和也同學三個都低着頭。

「知道這件事情之後，他們發現自己幹了很過分的事情。不過，高年級生向一年級學生道歉感覺很不帥氣，而且，就算真的道歉了，也無法對文空君收回『沒有太空船』這句話。這樣只會令文空君想到『這世上可能真的沒有太空船』、『爺爺可能不在天空上』，所以他們就想……」堤馬張開了雙手繼續說，「給文空君製造出有太空船的證據！」

「弄這麼一番就是為了讓文空同學看？」美思高聲說。

「對啊，所以他們才會在怪圈中隱藏了文空君的『文』字，就是想讓他以為那是爺爺給他的訊息。可這並不容易看出來，所以他本人沒有發現當中寫了自己的名字。不過，讓文空君認為『這世上是有太空船的』這一點卻是成功了。」

說到這裏，堤馬像是求神祈福那樣，雙手用力合上，發出「啪」的一聲，響遍了整個午餐準備室。

「我剛才說的，就是我的推理，請問有沒有弄錯的地方？」

聽到堤馬的提問，和也同學繼續低着頭，慢慢地開口：「沒有了……」

「那麼，這就是承認你們是在午餐準備室拿走食鹽、用來畫出『雪地怪圈』了吧？」

「是的，我承認。既然我已經承認了，這件事情可以不告訴老師嗎？」和也同學想作最後的掙扎。

「你是怕被老師責備嗎？」

「不！雖然我的確不想被老師責罵，不過不是這樣……這都是為了那個一年級學生。他已經因為我們不開心了，如果他知道那個怪圈是我們弄的，更會大受打擊，那不就很可憐嗎？」和也同學雙手合十請求堤馬，看來是認真地為文空同學而擔心。

「真可惜，那可不行……因為老師早已經知道了。」

「什麼？」和也同學喊出這句話的同時，午餐準備室的門被猛地打開，真理子老師走進來。

「對不起，和也同學，真理子老師由一開始已經在這裏聽着我們的對話了。如果她不在，我們也不會得到許可，在晚上進入校園。」堤馬一副不好意思的樣子，抓着頭微笑。

真理子老師走近驚訝得張着口的和也同學三人身邊。

「我全部都聽到了，在午餐準備室偷鹽、在操場做出惡作劇把大家嚇壞，你們都知道這些是壞事吧？」

「對不起……」和也同學小聲地道歉。

「做了壞事就得接受懲罰。」

他們三人一副沉重的面色低着頭。

這個時候，真理子老師突然說：「可是……既然你們是為了讓文空提起精神來，老師好高興啊。」

聽到她這樣說，和也同學他們抬起頭。

「這件事情，我會如實向校長報告，可是會對學生——尤其是文空保密。不過代價是，明天早上你們要接受懲罰幫忙一起鏟雪。明白了嗎？」

「明白！」三人一起高聲回應。

真理子老師轉頭看向我們，温柔地微笑着說：「你們真的解開了怪圈之謎，果真是懸疑推理學會啊！」

終章

「和也同學他們很努力啊。」堤馬拿着小說，看着他們混在老師當中，用雪鏟拚命地鏟雪。

操場已經有一半的雪被清理掉，可以看見地面了，而怪圈的痕跡也全消失了。

雪地怪圈的謎團解開的翌日，我們如之前約定那樣，一大早就到了學校，一起建雪屋。作為解謎的謝禮，真理子老師他們幫忙把雪收集好，並堆起來了。

所以，我們只需用雪鏟挖去中間的雪就可以了，三人合力大概用了一個小時左右就建成了雪屋。

因為比預期中提早完成，我們各自在雪屋中打發時間。

明明身處雪塊之中，雪屋裏卻神奇地比外面温暖得多。

根據堤馬的解釋，雪牆有「隔熱效果」，可以阻擋外面的冷空氣進入，同時又不讓屋內的温暖空氣溜走。

「阿理，是時候開始燒了，你準備妥當了嗎？」

聽到美思的話，我回答：「嗯，是的。」慌忙從袋裏拿出從家裏帶來的紙碟，好好擺放，還有三個食物盒，分別裝了黃豆粉、紅豆蓉和混入了砂糖的醬油。

「啊，全都很美味的樣子。」美思高興地説。

在美思面前，放置着一個從校工室借來的炭爐。我們燃點好炭爐之後，把金屬網放在上面，再把美思從家裏帶來的年糕，放在上面烤。

年糕像氣球那樣脹起來，然後發出「噗嘶」的聲音，一邊散發出水蒸氣，一邊回縮。

「啊，好像烤好了。」

美思用筷子把年糕夾起放在紙碟上。

我問堤馬：「你會沾什麼醬料來吃呢？」

堤馬接了放有年糕的紙碟，淋上自己帶來的醬油，說：「我喜歡磯部燒*的吃法。」

「哦？堤馬的口味還真像成人啊，我最喜歡的是沾黃豆粉，阿理喜歡的是砂糖醬油吧？」

「嗯，我在家裏混了很多砂糖在醬油裏，很好吃的啊。」

* 又叫磯邊燒，這是一種日本煮食的方法，即是把食物沾醬油後，再包裹紫菜來吃。

我們各自以自己喜歡的口味來吃年糕，剛烤好的年糕熱呼呼的，非常柔軟，真的太好吃了。

「啊！文空，你好啊！」嘴邊沾滿了黃豆粉的美思發現了剛來到學校的文空同學，把上半身伸出去雪屋之外，跟他打招呼。

看到美思招手，文空同學向我們走過來。

「真厲害啊！你們在幹什麼？」文空同學雙眼放光，走進了雪屋來。

「我們在吃年糕啊，你要吃嗎？你喜歡哪種口味？」

「唔？真的可以吃嗎？」他一臉開心地看着我帶來的食物盒，指着紅豆蓉說：「我要這個。」

美思在炭爐上取了一件剛烤好的年糕放到紙碟上，我再在年糕上放紅豆蓉，交給了文空同學。

「好熱啊！不過很好吃！」文空本來一臉開心地吃着紅豆蓉年糕，可是當他看到外面操場之後，卻又變得有點傷心。

「爺爺的太空船留下的痕跡消失了……」

我和美思對望了一眼，不知道該怎麼接話。堤馬本來一直在跟軟綿綿咬不掉的年糕苦戰着，就在這時，他突然轉頭說：「請你看看天空啊。」

「看天空？」文空同學一邊咀嚼着年糕，一邊向雪屋的出入口看去，望着外面的天空。

「就算沒有了太空船降落的痕跡，你爺爺也會在廣闊的天空中一直看着你啊。這事情你也知道吧？所以，並不需要悲傷啊。」

「嗯，對啊。」文空同學一邊笑，一邊開朗地回答。

在晴朗的藍天上，就特別有一朵像太空船模樣的雲在飄浮着。

第二冊完

附錄 1

怪圈是什麼？

怪圈又稱麥田怪圈，指在農田等地方在一夜間出現了圓形或環狀圖案的超自然現象。這些巨型圖案由田地上部分農作物有規律地傾倒而形成，1980年代英國就曾經大量出現麥田怪圈，一度成為城中熱話。

人們對這些圖案眾說紛紜，如認為是太空船降落地球的痕跡、外星人給地球人的訊息、風和電形成的自然現象等。正當科學家們進行各種研究時，兩名英國人自稱圖案是他們所造的，經過多方驗證後，相信大部分圖案是人為製造的。

不過，也有一些怪圈是在海底發現的，而且看來是自然形成的，可見這個世界上，還有很多我們不知道的神秘事情。

參考圖片：canbedone,DedMityay/Shutterstock.com

附錄 2

堤馬的偵探術語介紹

P33 灰色腦細胞

「灰色腦細胞」是大偵探白羅對自己頭腦的稱呼，自譽具有敏鋭洞察力。白羅是克莉絲蒂創作的大偵探角色，也是我經常閱讀的推理小説系列主角。

P33 華生

全名是約翰．華生，他是我最喜愛的大偵探夏洛克．福爾摩斯的搭檔。福爾摩斯的故事，幾乎全部都是以華生的視角來描寫的。

服裝介紹

和也同學三人各自有明確的風格，有喜愛方便活動的，有喜歡潮流的。
喜歡穿軟毛外套，方便活動又保暖。
160
150
神山美思
種田文空
松本和也及他的朋友
十堂堤馬
柚木理
她最愛這個品牌的大衣，標誌是一個貓頭。最重要是輕巧而方便活動。
他的襯衣經常鬆散出來，但本人卻沒發現。
喜歡穿天藍色的連帽外套。

附錄 3

堤馬的偵探用具

指南針

弄不清方向時使用

即影即有相機

用來拍下證據

文具

雙筒望遠鏡

確認遠處的情況時使用

拉尺

量度準確的尺寸
是很重要的

零食
肚餓時食用
筆記本
放大鏡
細小的證據也
不可錯過
密碼對照表
地圖

附錄 4
堤馬的推理小說推介

《殺人十角館》

綾辻行人　著

七個大學推理小說研究會的成員，到了一個名叫角島的孤島。島上建有一座十邊形的古怪大宅，而建造大宅的建築師中村青司，半年前死於一間藍色屋子的火災。不久後，學生竟逐一被殺……而故事結局更令人驚愕。

出現頁數
第32頁

較適合成人閱讀

《奇巖城》

莫理斯．盧布朗　著

以法國諾曼第地區的洞穴為舞台，一張隱藏了法國歷代皇室藏寶地點的紙片，上面寫着神奇的密碼。這引發了怪盜亞森．羅蘋和少年偵探易吉道之間火花四濺的推理大戰！

出現頁數
第32頁

適合高小或以上
學生閱讀

《羅傑．艾克洛命案》

阿嘉莎．克莉絲蒂　著

一名婦人神秘死亡的翌日，村莊一個叫艾克洛的富翁也在書房被殺。犯人會是住在死者大宅中的家傭？又或是大宅外的人？大偵探白羅夥拍村莊的夏波醫生展開調查。結局峯迴路轉，令人驚歎。

出現頁數
第73頁

適合高小或以上
學生閱讀

書後隨筆

知念實希人

大家喜歡唸書嗎？相信你們當中有人喜歡唸書，也有人討厭唸書吧？我自己雖然很喜歡語文和科學，但就不擅長數學了。

對了，你們知道為什麼大人總是要小孩唸書嗎？是為了在考試和測驗中取得高分？雖然那可能是原因之一，不過那並非我們需要唸書的真正原因。

我認為，通過唸書，我們可以學懂各種各樣的事情，當我們長大成人後，這些知識可以幫助我們變得幸福無憂。

數學固然對於科學研究或消費時有幫助，而學好語文，也可以讓我們看懂更多的書，獲取更多知識，亦可以讓我們感受到小說、故事帶來的樂趣。人類為了生活，努力築起各種社會系統，學習社會科*，就可以讓我們多了解這個社會；而科學就是讓大家學會自然世界的系統。其他例如學習英語，可以讓我們跟世界各地的人溝通，學習音樂和美術*等術科，也可以豐富大家的人生。

其實，我除了是這本《放學後懸疑推理學會》的作者外，也是一名內科醫生。為了成為醫生，我得先去學習數學、科學、語文、社會、英文全部科目，然後才有能力學習醫學，成為一個可以拯救生命的人。

在本書中，提馬也運用了他在科學課學到的知識來解開謎題。我深信，大家在學校唸書得來的知識，總有一天會派上用場。

所以，大家現在都要用功唸書。同時，也要盡情去玩。因為唸書和玩耍都是十分重要而且是充滿樂趣的事！

* 社會科是日本的學科，讓小學生認識社會和生活。
* 美術科類似香港的視覺藝術科。

作者：知念實希人

1978年於日本沖繩縣出生。在東京慈惠會醫科大學畢業，現為日本內科學會註冊醫生。2011年，以作品《Raison d'etre存在之理由》得到「島田莊司選第四屆薔薇的城市福山推理文學新人獎」；2012年，他以同一作品改名為《為誰而握的刀刃》出道。後來他又創作了「天久鷹央」這受讀者歡迎的系列，2015年憑《假面病棟》（中文書名：《暗黑病院》）獲得「啓文堂書店文庫大獎」，成為暢銷書。其後再憑《抱住我崩潰的大腦》、《縫合人心的手》、《無限的i》、《玻璃塔謎案》，分別於2018年、2019年、2020年及2022年獲提名「本屋大賞」。他的作品繁多，是現今大受讀者歡迎及備受注目的推理小說作家。

繪圖：Gurin.

1996年出生。現居於日本神奈川縣的插畫家。從2020年起以自由工作者身分活躍於行內，工作範圍包括精品角色設計、商品插圖、MV插圖等等，擅長創作流行文化插畫。

③ 烏龜銅像移動事件

劇情預告

一個春天的日子，操場角落的烏龜銅像竟然動起來了！究竟銅像發生了什麼事？是什麼人所為？為什麼銅像會自己移動？

放學後懸疑推理學會 2

雪地怪圈事件

作　　者：知念實希人
繪　　圖：Gurin.
翻　　譯：HN
責任編輯：黃碧玲
美術設計：徐嘉裕
出　　版：新雅文化事業有限公司
香港英皇道499號北角工業大廈18樓
電話：(852) 2138 7998
傳真：(852) 2597 4003
網址：http://www.sunya.com.hk
電郵：marketing@sunya.com.hk
發　　行：香港聯合書刊物流有限公司
香港荃灣德士古道220-248號荃灣工業中心16樓
電話：(852) 2150 2100
傳真：(852) 2407 3062
電郵：info@suplogistics.com.hk
印　　刷：中華商務彩色印刷有限公司
香港新界大埔汀麗路36號
版　　次：二〇二四年二月初版

ISBN: 978-962-08-8316-3
Houkago Mystery Club 2 Yuki No Mystery Circle

Originally published in Japan by Writes Publishing, Inc.
Traditional Chinese translation rights arranged with
KANKI PUBLISHING INC. through CA-LINK INTERNATIONAL LLC

18/F, North Point Industrial Building, 499 King's Road, Hong Kong
Published in Hong Kong SAR, China
Printed in China